겨울에도 꽃은 핀다

김호강 시집

문학
의식

겨울에도 꽃은 핀다

시인의 말

마음의 꽃

나는 칠 남매 중 막내딸로 태어났다. 부모님께서는 항상 사랑받고 행복하라고 이름도 호강이라 지어주셨지만 나는 그런 '호강'과는 거리가 먼 삶을 살았다.

장티푸스 병이 한참 돌던 내 나이 아홉 살 되던 해, 어머니는 우리 칠 남매를 두고 눈도 감지 못한 채 돌아가셨다. 그런데 어머니를 잃은 설움이 가시기도 전에 학도병으로 나간 큰 오빠의 전사통지서가 왔다. 아버지께서는 어린 자식들과 함께 살길이 막막하여 죽으시려고 그 옛날에 큰 소주 댓 병을 드시고 쓰러지기도 하셨다. 불행 중 다행으로 목이 타 눈을 떠보니 살아나셨다 하셨다. 그 후 '인명은 재천'이라 하시고 열심히 살아보려 많은 노력을 하셨다.

하지만 그 시절에는 모두가 너무 가난하여 너나

할 것 없이 힘든 세상을 살았다. 6·25 전쟁 때여서 그 누구도 도움을 주고받을 형편들이 못 되었다. 가족들은 할 수 없이 뿔뿔이 헤어졌다. 작은 언니는 남의 집으로 일하러 갔고 오빠들은 공장에 다녔다. 나는 결혼한 큰 언니 집에 얹혀살았다. 그런데 입 하나 늘어나는 것을 감당하기 어려웠을까? 나는 공부를 할 수 있다는 말에 형부 직장 동생 분의 손에 이끌려 서울 고아원에 보내졌다.

서울은 어린 나에게는 너무나 무서운 도시였다. 어디가 어디인지 알 수도 없었다. 따라간 곳은 굉장히 큰 건물에 앙상히 뼈대만 남아 있었고 칸막이가 대충 쳐져 있었다. 그 곳에 도착한지 한참이 되었지만 공부, 학교는 고사하고 먹을 것도 없었다. 아이들 대부분이 영양실조에 걸려 누워있었고 제대로 씻지도 못하는 사람이 너무도 많았다. 나는 밤마다 가족과 집을 생각하며 울다 지쳐 잠이 들곤 했다.

서울 고아원에서 정착을 하지 못한 나는 다시 포천이란 곳으로 보내졌다. 그곳 역시 목조 건물이었다. 미닫이문에 유리도 없이 허허 벌판과 다름없는 산기슭에 지어있는 집이었다. 그곳은 나를 비롯하여 어린 원생들이 있었다. 나는 그곳에서 언니, 누나 축에 속했고 어린 아이들이 많아 식사 당번을 해야 했다. 우물이 없어 비탈길을 내려가야 있는 동네 우물을 이용했다. 쌀 함지박을 이고 깡통 두레박을 들고 어린 원생과 쌀을 씻어 이고 오는데 날씨가 너무 춥고 눈보라가 쳐서 앞이 보이지 않을 정도였다. 그러나 쌀 함지박을 놓치면 우리는 다 굶을 수밖에 없다는 생각이 어린 가슴에도 들어와 죽을힘을 다 해 비탈길을 올라왔는데 쌀 함지박에 손이 얼어붙어 떨어지지 않았다. 한참 있으려니 누군가 와서 함지박을 내려 주었다.

그곳 생활을 말로는 다 할 수 없다. 겨우 열 살 정도 되는 어린 여자 아이가 산에 가서 나무를 해야 하고 나무가 없으면 생(生)소나무라도 잘라 불을 지펴야 했던 상황을 생각하면 지금도 정신이 아득해 온다. 산에는 내가 정말 싫어하고 무서워하는 지뢰도 많이 묻혀 있었다. 그러던 어느 날 추워서 머리 위까지 담요를 쓰고 있었는데 나를 찾는 사람이 있다고 했다 '누가 찾아왔나?' 하고 머리에 쓴 담요를 젖히며 밖을 바라보니 어떤 여자가 서서 방안을 바라보고 있었다. 조금 낯이 익은 얼굴이었다. 나는 얼른 뛰어나갔다.

눈 밑에 사마귀 점을 보고 작은 언니임을 알 수 있었다. 나와 언니는 서로 부둥켜안고 펑펑 울었다. 작은 언니는 보육원 원장님에게 늙으신 아버지께서 죽기 전에 막내딸 만나고 죽어야 한다는 말을 전하고 원장님께 나를 데려가게 해달라고 사정했다. 나를 찾기 위해 언니는 휴가를 5일을 받았는데 날 찾아 온 날이 바로 5일 째 되는 날이라고 하였다.

나는 그 날을 평생 잊지 못할 것이다. 언니를 따라 가려니 그동안 돌보던 어린 원생들이 눈에 밟혀 마음이 천근만근 무거웠다. 엄마가 없으니 그래도 나를 많이 따랐던 아이들. 하지만 이것도 운명이니 어찌할 도리가 없었다. 그 아이들이 불쌍하기도 했지만 나는 집으로 돌아갈 수 있다는 것이 더 좋았는지도 모르겠다. 아버지께서 기다리신다고 하니 어찌 되었든 빨리 가고 싶었다.

작은 언니는 치과의사 집에서 일을 하고 있었는데 나를 찾아서 아버지께 데리고 가려고 휴가를 내어 서울에 있는 많은 곳을 돌아다녔다고 했다. 다음날 기차를 타고 꼬박 하루를 걸려 아버지가 계신 집에 도착하니 아버지께서는 나를 보고 이제 죽어도 여한이 없다고 하셨다. 그러나 생활은

전과 별로 달라진 것이 없었다. 다만 큰 오빠 전사 위로금으로 연금을 조금씩 받아 생활을 하는 것이 전부였다.

고아원을 나와 집으로 돌아오니 공부를 하고 싶다는 생각이 들었다. 학교를 보내 달라고 했으나 사정이 여의치 않아 공부를 못했다. 그래서 공부는 나에게 한으로 남았다. 공장에라도 들어가려면 초등학교라도 나와야 하는데 초등학교도 다니지 못해서 공장에도 취직을 못하고, 어디 사람 모인 곳에 가면 죄인 아닌 죄인이 되어 주눅이 들어 눈치를 보고 살아다.

연애할 적에 남편은 나의 학력이 중학교 중퇴인 줄 알고 있었다. 나를 중매하신 분이 그렇게 소개를 했기에 그리 알고 편지를 보내올 적마다 한자를 섞어서 써 보냈다. 나는 그 편지를 읽을 수 없어서 편지를 안 읽고 훑어만 보며 언젠가는 꼭 글을 배워 읽으리라 결심하고 다짐했다. 그래서 편지를 다 모아 놓았다.

시어머님께서는 서른 셋에 혼자 되셔서 청상과부로 평생 자식들을 위해 헌신하셨다. 슬하에 육남매를 두었는데 딸 다섯에 아들은 남편 뿐. 나는 결혼한 후 앞뒤도 보지 않고 밤을 낮 삼아 하루에 많으면 4시간, 그렇지 않으면 2시간 밖에 못 자며 열심히 살았다. 시집살이 이야기는 이루 다 할 수가 없다. 그러나 나는 집안에만 있었기 때문에 부모님과 남편에게는 무조건 순종을 했고 정성을 다해 모셨다. 지성이면 감천이라고 그 덕분인지 자식들도 다 잘 되어 아들 딸 낳고 잘들 산다.

그러다보니 어느덧 내 나이 70이다. 그러나 나는 더 배울 것이다. 누군가는 이런 말을 했다고 한다. 늦었다고 생각할 때가 가장 빠른 것이라고. 시작하지 않고 부끄러워하고 주눅이 들기보다는, 되든 안 되든 일단 시작하여 건강이 허락하는 그 날까지 최선을 다하는 것이 더 현명한 일인 것 같다. 나는 주부 학교에 6개월을 다녀 초등학교 졸업 검정고시에 합격했다. 얼마나 기뻤는지는 아무도 모를 것이다.

남편이나 자식들이 잘 되었을 때도 무척 기뻤지만 내 스스로가 노력하여 얻어낸 결과여서 뛸 듯이 기뻤다. 그 옛날 그토록 가고 싶었던 중학교에 입학하여 지금은 진형중학교 3학년 학생이다. 참으로 좋아서 한 번도 결석을 안했다. 어떻게 얻은 배움인가! 나는 항상 즐겁고 기쁘다.

학교는 나에게 희망과 행복을 주며 꿈을 꾸게 하여 주는 곳이다. 꿈은 꾸는 자에게 이루어진다고 믿는다. 나는 안산에서 하루 3시간씩 걸려 학교에 다니며 나의 마음에 꽃을 심는다. 시작이 반이라고 이제 내 마음의 꽃이 피고 있다.

김호강

차례

제3부 세월

제4부 그림놀이

제 1 부

봄이 오는 소리

봄

봄이 오는 소리
솔바람이 봄의 소리를 들려준다
깊은 땅속 아무 모습도 보이지 않는
그들에게 속삭이듯 힘찬 몸부림으로
새봄을 찾아준다

새싹들이 고개를 내밀며
밝은 미소를 듬뿍 담아 다가오며
보이지 않아도 손에 잡히지 않아도
너의 소리는 언제나 희망으로 다가온다

활기찬 삶의 용기를 주는
너를 맞은 새로운 날들을 약속하며
넓은 들녘의 숨소리를 듣는다

동굴

태양이 그리워
몇 천 년 울었기에

눈물 자욱 쌓아
석순되었나

물결이 넘실대는 병풍으로
엄마 등에 매달린 아기모습이다

아들 못 낳은 한 되어
남근석으로
구박하던 시어머님
한 풀어주었다

아직 못 다한
눈물 흘리며
빛을 찾아본다

다람쥐 밥

고향 가는 오솔길
나를 반기는
다람쥐 한 마리 보았다

얼마나 외로웠던지
날보고 반가워
두 손 모아 비비며
눈동자를 번득이며
껑충 뛰었다

얼마나 외로웠기에
그렇게 반가워하나 싶었다
산길에 오가는 인적 없는 곳
너의 먹이조차 다 가져가니 섧고
외로움에 또 서러워
나그네 부르며
두 손 빌며 애원한다

산을 오르고 내려가는 이들에게
빈손으로 오르고 내려가길
손을 모아 빌어본다

너와 나

하늘과 땅은 아빠 엄마다
엄마가 봄을 기다리면
눈치 빠른 아빠는 비를 내린다

수줍은 엄마는 반가워
잎을 내밀고
꽃봉오리를 틔워 미소로 답한다

나비 손님 반가움에 춤추고
벌 친구들 몰려와
한바탕 놀이판 벌이며 즐긴다

나의 작은 소견으로는
하늘과 땅의 관계를,
그 창조의 순리를
알 수가 없다

눈물

빗방울이 쇠못을 치듯
아스팔트에 내려 꽂힌다

반짝이는 얼음조각이 되어
차갑게 몸부림치며 흘러내린다

흐르는 물 내게로 돌아와
묵은 찌꺼기 다 씻어주고
말갛게 정화시켜
새살이 돋아나게 한다.

강에서 바다로 흘러가는 물방울들
나의 가슴에 쌓였던
얼음조각을
녹아내리게 한다

빗방울은 살이 되어
반가운 얼굴이 되게 한다

더위

높은 하늘에 매달린 태양
너무 힘들어
한 발짝 우리 곁으로 다가와
날마다 더위하고 씨름한다

그도 높은 곳에서
시달림으로
열기를 뿜으며 몸부림친다

더 가까이
갈 수도 올 수도 없어
열을 받는다

난 너와 같이 뜨겁지도 못하면서
왜 그리 힘들어하며 살아가고 있을까

너의 잘못도
나의 무지도
아닌 것을

무엇이 가로막고 있는 것 인지
알고 싶다

더 오를 수도 없고
내려갈 수도 없는 곳에서
바라볼 뿐이다

매미 소리

사람이 만들 수 없는 소리를 창조하기 위해
매미는
그 많은 시간을 땅속에서 은둔생활로 살았다
태양과 함께 짓눌렸던 곳을 탈출해
노래를 부른다
많은 이들이 귓전을 울리며
어떤 오케스트라도 따라올 수 없는 소리다
아무에게도 갈채 받지 못하지만
더없이 웅장함으로 퍼진다

누구를 위해 불러주는 지
남북으로 떨어져 애태우는 민족의 한풀인가
울다 울다가 지쳐 뼈만 남아
박제가 되도록 혈육을 찾는다

가을

무더위 밀치고 찾아와
귓전을 울리는 귀뚜라미
가을이 왔다고 합창한다

아름답게 물든 오색 잎
불꽃보다 더 붉게
산과 들을
수채화로 칠하고 있다

아름다운 꿈을 꾸게 하는
그 가을 속에
영원까지도 묵고 싶은 날들
발자취만 남기고 간다

콩을 심다

두 발 바삐 움직여
도서관 가는 날
버스를 내려 10분
한참을 가는데
어디선지 튀어나온
청설모 한 마리

곡예 하듯 앞질러 담장을 타고
잣나무 위로 쏜살같이 올라
이내 잣송이 손에 쥐고
입을 열심히 움직이고는
또 어디로인지
달려간다

저항도 못한 채
나무 밑에 버려진 잣송이
구멍이 숭숭한 그것을 보니

거울 보는 것 같아
괜히 서글프지만
오늘도
못다 심은 콩을 심는다

갈대의 이야기

갈대 습지에서
갈대들의 이야기를 들었다
바람 소리인지 갈대 소리인지
속삭이는 소리에 귀를 기울였다

사그락 사그락
자기들만의 소리를 주고받으며
아무도 듣는 이 없어도
자태를 뽐내며 춤도 추었다

누구에게 보여주기 위함도 아니다
자신의 당당한 모습으로 서있다

난 알았다
내가 날 지키지 않으면
아무도 날 지켜주질 않는다는 것을

습지를 뒤로하고 오는 길
바람이 전해주는 그들의 소리
사그락 사그락 발소리만 남기고 왔다

봄이 오는 소리

솔바람이
봄의 소리를 들려주지만
깊은 땅속
아무 모습도 보이지 않는다

하지만 곧
속삭이듯 힘찬 몸부림
새봄을 찾아
새싹들 고개 내민다

밝은 미소
듬뿍 담아
보이지 않아도
손에 잡히지 않아도
너의 소리는
언제나 희망으로 다가와
활기찬 삶의 용기를 주니
스쳐가는 너의 모습에
별을 담아 본다

숲길에서

떡을 찔 듯한 찜통 더위
산을 찾아 나선 발길
산 좋고 물 좋은 곳 용문산

물소리 새소리 은율 따라가니
남녀노소 한 떼
물고기가족 되어 춤을 춘다

그곳에서 가시고기의 부성애를 보았다
튜브 위에 아기를 태우고 끌어주는 아빠
물소리가 연주하며 따라간다

세월을 밀치며 바삐 흐른다
오묘한 자연의 향기에 도취되어
흐르는 물에 손을 적셔보았다

숲의 소리 뒤로 한 하산길
불보다 더 붉은 석양을 보며
나도 모르게 그 안으로 빨려 들었다

입맞춤

푸른 교향곡
연주하는 자연 속

잠을 자듯 누워 별을 본다
맑은 공기와 서늘한 바람

너와 나의 입맞춤을 더하며
태양의 열정을 감싸 안고

흔들리는 풀꽃처럼
고뇌의 삶을 뒤척인다

멀고 아득한 내일
우리는
푸른 초원
넉넉한 샘이 되리라

철 잃은 꽃

마당 저편에 천사 나팔꽃이
마지막 꽃을 피우려 몸부림친다

국화도 아닌 것이 국화를 보고
철지난 꽃을 피우려 한다

아침에 초롱등 같이 봉오리 내밀고
해 지니 대롱대롱 밤이슬이 섧다

안타까워 잠깬 눈으로 보니
해님과 함께 활짝 피어 웃고 있다

뒷날 미소 짓던 모습 보이지 않고
꽃봉만 아기 조막손 같이 오구린 채
쓸쓸한 모습이다

난 천사 나팔꽃에게 말해 주었다
넌 국화가 아니란다

쪽빛 바다

바다가 보고파
정동진행 열차를 탔다
열차 밖에 산에는
아직 남은 잎이
가지를 붙들고
안타까워 떨고 있다

도착하니 물결이
안개꽃 파도를 일며 반겼다
넓은 지평선을 넘나들며
갈매기 떼는 창공에서
자유롭게 춤을 추었다

모래 위 발자국 그림자 되어
무거운 모습으로 남아있다
파도는 밀려왔다 쓸려가며
어두웠던 흔적을 모두 지웠다

쪽빛 물
가슴에 한 아름 담아와
출렁이는 청춘으로
돌아가고 싶다

새우젓

소래포구에
새우들이 몰려온다고 야단들이다
동네 아낙들도 새우젓 담그려
덩달아 새우처럼 뛰다
스텐통을 지고 끌차를 끌고
어깨에 배낭을 메고 간다
버스와 지하철을 타고
소래포구로 달려간다

포구 새우 식구들은
카톡정보를 받고
물 밖은 얼씬도 않고 있는데
이곳저곳 아낙들만
펄떡 펄떡 뛰는
새우를 찾아다닌다

하늘 높은 줄 모르고
튀어 오르던
새우들은 보이지 않고
아무리 깨워도 새우잠만
자고 있는 것들뿐이다

오십년 설립 구단들도
어찌할 바 모르고
메고 온 들통과 밀차에
새우잠 자는 그들만
바라본다

가을 구름

높아진 하늘
목화 구름 뭉게뭉게
토끼구름 사자구름
동화책 만들어
펼쳐 보여준다

그 속에 양탄자 타고
아라비안 나이트
이야기 찾아
날아간다

가을 하늘은
무궁무진한 꿈을 꾸게 하는
우리들 천국

오늘도
산들바람에 구름 싣고
희망 찾아간다

제 2 부

보릿고개

딸자식들

태풍이 몰려왔다 떠난 자리
모두가 제자리를 잃고 엉망이 되었다
TV도 컴퓨터도 놀랜 모양이다

내 딸은 신이 주신
다섯 가지의 열매를 받았다
빨간 고추
해바라기 같은 튼튼한 공주
민들레꽃 같은 둘째 공주
셋째는 짱구박사
막내는 야생화 같다

이 모든 꽃들이 태풍을 몰고 오는 날
반가움에 웃음꽃이 활짝 피어난다
가려고 나서면 찬바람이 든다
딸자식은 언제나 아린손인가보다

내 어머니도 그러셨으리라
산모퉁이 돌아설 때까지 손을 흔드셨으리라
딸 돌아간 자리가 빈 헛간 같다

보릿고개

넓은 들판에 청보리가
출렁이며 물결을 이룬다
옛날 보릿고개가 생각난다

허리띠 졸라매고
보리밥도 배불리 먹지 못한 채
앞서간 소금기 젖은 삶속의 그들

이제는 쌀 보다 품격이 높아져
건강을 위해 많이 찾는 보리밥
그 옛날
보리밥마저
배부르게 먹지 못했던 시절은
전설이 되었다

동생의 고희 1

오늘은 내 동생 고희란다
이승의 손을 놓으신 어머니의
젖가슴을 더듬던 네가
머리에 눈꽃을 피우며
바다보다 넓은 세월을 지고
여기까지 와줘 고맙구나

밤하늘의 별도 너를 위해 반짝이고
땅 밑 깊은 곳까지
너의 울림이 들리리라

기쁜 마음으로 노래 부르자
장한 내 동생아
누나들과 언제까지
너털웃음 웃으며
즐겁게 살자꾸나
사랑하는 내 동생아
탯줄 꼭 잡고 가자꾸나

동생의 고희 2

하늘 길 떠난 어머니의
젖줄 빨던 동생의 고희

어머니가 그곳에서 하루만 소풍 나와
아들 만나 손 한 번 잡아 주었으면 좋겠다

동생은
어머니 등에 업고 꼽사춤이라도 추겠지
잘라진 탯줄 이어 잡고 가겠지

소복소복 쌓인 눈길
발자국 따라 가겠지

운동화

재래시장을 지나다
신발가게 앞에서 발을 멈춘다

나 어렸을 적
엄마에게 신발 사 달라 조르면
다음 장날에 사 주마
다음 장날은 또 다음 장날이 되고
그 다음 장날은 다시 다음 장날로

엄마가 안고 올
신발을 기다리던
이 막내 딸 머리에
상고대가 곱게 피었건만
엄마 오는 소리는
이제 메아리가 되어
귓전만 맴돌 뿐이다

불효

그는
오늘도 생전에도
부모님 가슴에
많은 못 자국 내었다

이제 조금이나마 그 자국 지워보려
버스와 전철 번갈아 타고
납골당 찾아간다

차에서 내려 한참을 걷다보면
꽃집들이 줄지어 있다
그곳에서 꽃다발을 사들고 가며
꽃송이 속에서 어머니 얼굴을 찾는다

활짝 핀 송이는 기쁜 미소이며
봉올봉올 한 송이는

그가 철들기 전
얼굴을 묻고 땀 흘리며 다 빨아
빈 쭉정이 된 가슴만
납작 붙어있다

이젠 볼 수도 만질 수도 없지만
아직도 귓전을 두드리는 소리
작은 꽃다발을 안고
어릴 적 생각하며 걷다보면
어느 사이 그곳에 도착한다

유리창 속에 앉아
생전에 눈에 넣어도 아프지 않다던
아들이 왔건만 반기지도 못하고
표정 없이 묵묵히 있다

어머니 저 왔어요 저요
숨소리조차 없는데 혼잣말 한다
그는 짓눌렸던 어깨를 들썩이며
소금보다 더 강한 액체를 뿌리고 섰다

얼마동안 말없이 머물다
무거운 발소리만 남기고 돌아설 때
어머니 치맛자락이 그를 스치웠다
오늘도 그는 납골당을 나서며 불효를 빈다

100세를 산다

요양원 다녀오는 날이다
나의 어머님은 97세시다

평생 서릿발보다 시린 가슴을 안고
당신의 뿌린 씨앗들을 위해 살았다

이젠 미동도 없이 잦아들며
천국과 이승을 오가신다

오늘도 옆구리 대퇴부에 욕창이
고통을 주지만 난 아무 도움 주지 못했다

100세 시대를 산다는 현실에서
생명의 존엄성을 갖지 못한 채 산다

이도 100세를 산다고 할 수 있을까
땅에 붙들린 발길을 돌리며
어머님 또 올게요 하며 돌아 선다

어머님의 콩깍지

마를 대로 마른 콩깍지 속의 콩알을 생각하면
푸르렀던 때는 언제였던고
맛있는 영양소를 공급해 주던 그때는
기억에서 잃고 하늘만 보고 있는 것 같다
이젠 잎도 지고 깡마른 콩깍지가 되어버린
나의 어머님
아쉬움에 당신을 기다리는 곳 찾지 못한 채
끈을 놓지 못하는 몸짓
오늘도 미동 없이 누워만 계신다

식물인간과 다름없는 어머님
아들이란 단어에 손끝을 움직인다
먼저 가신 아버님을 찾지 못해 애처롭다

어머님 귀에 대고
사랑해요
아무런 반응이 없다

증손녀가 만들어 온 고운 팔찌
손목에 끼워 드리며
예쁜 것이라며 촉감을 주며
억눌린 가슴을 달래보려 했다

아직도 마른 콩깍지는
남은 콩알을 내려놓지 못하고
외로움에 땅을 찾지 못한 채 꿈을 꾸고 계신다
언제 남은 콩깍지에 있는 콩을 흙에 묻어주려나
그날을 기다리며
오늘도 허공 속에 대화하며
돌아오는 발길이 푹푹 물속으로 빠져든다

아버지

목련꽃 피니 아버지 얼굴이다

어미 잃은 새끼 보고
눈앞이 어두웠으리라

탁빼기 한잔
빈 헛간 된 가슴 쓸어내며
눈물 보이지 않으려
웃어 보였으리라

새벽길 나설 때
솔바람 안고 떨어지는
목련 꽃잎 세었으리라

가시고기

아버지는
가족사랑으로
평생을 살아왔다

그러나 아버지는
언제나 왕따였고
외로운 산이었다

기러기 아빠로
명퇴자로
가진 건 아무 것도 없다

남은 건 속 빈 강정된 몸
날려 해도 마음 뿐
오르지 못한 채
허공만 본다

실꾸리

실과 바늘로 만난 그와 나
실꾸리를 만들어 가고 있었다
바늘은 실이 없으면 쓸모가 없다고
늘 날 찾아다닌다

실과 바늘은 한 땀 한 땀
서로를 조율하며
튼실한 실꾸리를 만들어 갔다

어느 때부터 바늘이 보이질 않고
붉은 꽃을 피우며 끊긴 연이 되어
헝클어진 실꾸리를
하얀 밤을 새우며 풀고 있다

고운 햇살이 찾아든 창가에
주인 잃은 실꾸리 걸어두고
잃어버린 바늘을 찾고 있다

질그릇 조각

당신과 나는 어쩌다
깨어진 질그릇이 되었나
아무리 조각을 주워 맞추어 보려해도
너무 많이 흩어져
어디에서부터 찾아야 할지 알 수가 없다

여기까지가 끝이면 좋으련만
아직도 질긴 인연이 남아있는 것인지
당신도 나도 이젠 너무 멀리 와
아무런 소망도 미련도 다 고갈되어
서로를 지탱해 줄
기력조차 없으니
어찌하겠는가
그저 하루하루 감사하며 지낼 수밖에 없다
그럼에도 불구하고
당신의 길을 가려거든
속히 찾아가길 바랄 뿐이랍니다

심술

보내기 싫어
심술을 부려 보았다

잡으려
앙탈을 부려보기도 했다

그러나 가슴엔
화산재만 남아있다

님이 아닌
나의 발목을 잡았을 뿐인
심술

수레

떠나기가 너무 싫은 아쉬움에
그렇게 몸부림 쳐보았지만
아무렇지도 않게
굴러가는 세월의 수레

되돌릴 수 없는
자연의 섭리인 것을

멀어져 가는 것들
잡으려는 어리석은 마음
빨갛게 달아올랐던 태양
파도로 밀려들던 썰물도
밤하늘에 별들처럼
반짝이다 사라지겠지

그때
그곳에선
같이하겠지

벽

오늘은 앞을 볼 수 있으려나
기대를 하며 물에 흠뻑 젖은
솜 같은 몸을 세운다

그는 언제나 등만 보여준다
삶이 언제나 다람쥐 쳇바퀴 돌리는 생활이다
날마다 대화도 없이 앞을 보이질 않는다

꽹 막힌 하수구 같아 마음이 항상 답답하다
언제나 그의 묵은 찌꺼기가 빠져 나가려나 쓰다

그와 나의 삶
어느덧 흰 눈이 오는 길이건만

아직도 그는 앞을 보여주질 않고
등만 보여준다

나는 오늘도
그의 등이 아닌 벽을 보며 생각한다
오르락내리락 하는 그의 굽은 등을 보며
다시금 등을 펴
단단한 벽으로 살아가길 바란다

닭싸움

장닭과 암탉은 오늘도
오르락 내리락
아직도 서로가 분석이 안 되나 보다

장닭은 권위를 앞세워
붉은 벼슬을 꼿꼿이 세우고
언제나 암탉을 몰아세운다

준비 없는 암탉은
속수무책으로 당한다
장닭의 일방적 행동 갑이 하는 행동
어디서나 힘없이 당하는 건 을
피로에 따라 온 장닭을 본 암탉
그의 이기적인 행동에
횃대에 오르며
사랑은 움직이는 거란다

이별

이제는 떠나보내야지
미련에 목말라 하지 말자

많은 날 버팀목이던 사람들
하나 둘 멀어져 간다

큰 꿈꾸며 지내온 날들
메아리만 남았구나

다시 고운 꽃 되어
활짝 피어 만날 수 있을까

웃으며 보낼 수 있기를
흐르는 물속에 빨간 가슴을
안고 보내리라

발자국

거울 속
엷은 미소
그 속에 담긴 많은 꽃들
켭켭 쌓여 잘 보이질 않지만
그 빗줄기 같은
주름살을 보며 말한다

참 아름답구나

그 주름은 내 삶의 발자국이지
늙어 간다는 것은
아름다움을 쌓는 거라고 생각하며
입꼬리를 올려본다

몇 년을 더 나아갈 수 있을지
거울 속 너와 나 알 수 없지만
발자국을 남기고 걸어가겠지

오늘도 아름다움을 만들며
젊음을 흉내 내며
꽃길을 찾아 걸어간다

추억

뒷산을 오르는 길
아카시아 꽃 향기가
나의 몸을 휘 감았다

그 향기 속에서
잊었던
어릴 적 친구가 떠올랐다
한 담장 안에 살며
산 옮겨다니며 나물을 뜯다
허기가 오면
아카시아 꽃을 따 먹곤 했던 친구

까맣게 잊어버린
유년 시절 친구
아카시아 향기 속에서 그려본다

제 3 부

세월

겨울에도 꽃은 핀다

겨울에 피고자 하는 꽃이다
사계절 지나 마지막 피려는 꽃
눈 속의 추위를 이기고 피여 보고자
작은 목을 길게 늘려 본다

모든 사랑을 담아
계절을 떠나
많은 꽃들 속에 들지 못하고 겨울에 피려 한다
밝고 강한 태양빛도 우리의 빛이 되지만
작은 촛불도 빛을 뿜는다

겨울 잡초들 속에서 고개를 내미는 꽃
복수초, 설중매 같은 겨울 꽃으로 피고자 한다
많은 꽃 사이 어울리진 못해도
계절을 잊고
겨울을 만끽하며
꽃을 피우고자 한다

길

구부러진 길이면 어떻고
언덕길이면 또 어떤가
가는 건 다 마찬가지인 걸

어그러지고 구부러진 길도
자신이 만들어가는 것
그 누구도 만들어져 있는
길을 가는 것은 아니라오
자신이 만들며 가는 것이
길이라고 생각 한다오

그런 줄 알면서도
곧은 길을 못가고
어그러진 길에 누워
허우적대며 발버둥 친다오

길은 곧게 보이지만
바로 가지 못하고
어그러진 길에서 별을 본다오

지나가는 것

그의 삶은 언제나 구겨진 신문지
제대로 한 번 펼쳐 보지도 못했다
벗어나고자 몸부림쳐 보았지만
밀려오는 파도에 발목을 잡혔다

생명의 씨앗으로 삶을 찾아
어머니기에 현실 앞에 당당했지만
보이지 않은 안개 속에서 발버둥 치며 살았다

돌아보니 모두가 구겨진 신문지 같은 시간들
기쁨과 슬픔의 얼음덩이 이제 모두 녹아내려
말갛게 씻겨 새 삶이 되어 봄을 맞을 것이다

봄이오니
꽃도 피겠지

달리는 삶

시작도 모르고
끝도 모르는 현실 속에서
속도를 감지도 못한 채
일상을 바삐 달려가고
어떤 길인지도 모른 채
천년을 꿈꾸며 욕망을 찾아가고
그렇게
돌아갈 곳도 모른 채
앞만 보며 간다

혼자 돌아오면
날개 잃은 나비처럼
빈 수레의 덜커덩 소리만을 남기고 간다

태양이 떨어지도록 허우적이다
돌아가는 가장의 무거운 어깨에
내려놓을 수 없는 삶의 발길은
축 늘어진 채
색 바랜 옷자락 속으로 스며든다

나의 길

나는 개 같은 삶을 산 것이 한스럽다
개도 오래 거두면 주인을 알아보는 것을
하물며 인간의 탈을 쓰고
개같이 살고 있으니 어찌하랴

주인을 무는 개는 없을 것이다
그런데 주인을 물고 흔들어대는
개만도 못한 인간도 있다

산천이 몇 십 번을 바뀌었건만
이제와 몰아세운다
대 이어주고 집안 일으켜 세웠것만

기가 막혀 몸서리쳐지며 억장이 막힌다
자식들 보기가 부끄럽다
이 노릇을 어찌해야 하려나

가슴이 폭발할 것 같고
머리가 회전목마를 타고 돌아간다
이 답답한 현실을 어떻게 넘어가야 할까

해결책은 나오지 않고 많은 생각뿐이다
하지만 오늘도 삶의 끝을 놓지 못 한 채
개 같은 삶을 부둥켜안고 가고 있다

욕심

오늘도 바다 속 별들이 속삭인다
아무에게 차별 받지 않는
우리들만의 세계이다

너 무엇을 가지고 왔니
붉은 별이 물었다

난 너를 안아주려 왔지
너와 내가 있으면 되지 않니
무엇을 더 바라는 거니
그것은 욕심일 뿐이야
한 곳에 잠길 수 있는
물이면 족하지 않니

더불어

나무을 따라 그 안에 들어갔다
많은 나이테로 채워있었다
얼마나 많은 시간을 굴려
그것들을 만들었을까

비로 내려치고 바람으로 굴려도
단 한 번도 불평 없이
묵묵함으로 지켰을 것이다

푸르름으로 그늘을 주며
자신을 내어주는 삶
나 그 누구를 위해
그늘이 되어 주었는가싶다

세월

나이야, 나이야
누가 밀치지도 않는데
쉬지도 않고 바삐 가려하느냐

가려거든 셈을 세지도 말고 가거라
조바심으로 몸부림치는
나의 애간장 태우지 말고 가려무나

오는 날을 막을 수 없고
가는 널 잡을 수 없는 것을
그렇게 하나 둘 가는 것이 나이인 것을
널 붙들고 하소연 한들 어찌 하겠느냐

지는 해와 뜨는 달을
그 무엇으로도 막을 수 없으니

켜켜이 쌓아 엥을 엮어
처마 끝에 매어 달아
떨어지는 물방울이나 세련다

혼자입니다

마음 아프게 생각하지 말자
누구나 가는 길은 혼자인 것이다
아무리 애통해 몸부림쳐도
같이 할 수 없는 길이다

잘 가시오 잘 있소 말 한 마디 못 전하고
마지막 길에서 웃고 보내지 못했다
주고받는 것 없어도 나 그대 알 수 있습니다

기쁨으로 보낼 수 있도록
우리 서로 편안히 보내고
잘 가라 손사래 쳐주며
아름다운 웃음으로 편안히 보내드립시다

누구나 혼자가 됩니다

초침

언제부터인가
그에게 끌려간다

그는 언제나 앞서가며
자기방식을 고집한다

붙잡을 수 없으니
어서 오라 재촉이다

그를 밀칠 수 없어
재깍재깍 숫자를 세며 세뇌되어
자신의 정체를 잃어버리고
갈팡질팡한 삶이다

크게 호흡하고 팔을 뻗어
그를 잡으려 했으나
어쩔 수 없이
그에게 끌려간다

소리

먼 곳에 있어도
나 그대 소리
듣고 있네

철길을 달리는
열차를 바라보며
그 바퀴 속에
넣어가는 황혼 빛

그대 거기 있으매
오늘도 달리는
열차를 본다

멀어져간 그대
모습을 생각하며
그 때의 소리를 찾아
서성이고 있다

소원을 이루다

막내딸 호강스럽게 기르실 생각으로
지어 주신 내 이름은 호강이
일찍 부모님이 돌아가시고
호강 한 번 못 해보고
큰언니 집에 얹혀 모진 고생하며
이름과는 정반대의 삶을 살아왔다

그래 큰 언니만 보면 투덜대며
원망도 많이 하며 살았다

배우지 못해 한이 되어
늦깍이 학생으로 배움을 열어
글을 쓰게 되었다

부족한 게 많으니 형제들과 자녀들이
용기와 격려로 힘을 얻어 이번에 책을 내기로 했다
그동안에 배우지 못하고 한이 맺힌 것들이
다 녹아내리며

평생 호강 한 번 못 했다고
가슴에 응어리 맺혀 있었는데
형제들의 도움으로 책이 나오니
평생에 못 받은 호강을 단번에 다 받았다

하늘을 날아오르는 것 같다
이보다 더 기쁜 일이 있을까
호강아 소원을 이루었으니
발걸음 가볍게 살아가거라
부모님의 소리가
쨍그렁하고
나의 귓전에 들었다

오늘

아침 햇살을 받아 마당 저편
수국 꽃잎이 이슬을 머금고
보석 빛을 내며 웃고 있다

난 그에게 다가가 물었다
넌 하루를 어떻게 생각하며 살고 있어?

그는
하루가 하루지 무얼 어떻게 생각해
하며 미소를 지을 뿐이었다

응, 그래
난 말인데 하루가 너무 소중해
넌 아침 꽃잎에 매달려
보석 빛을 내는 이슬이지만
난 저녁 풀잎에 떨어질까봐
마음 조이며 파르르 떨며 살지

그래
난 하루가 너무 소중해
나도 전에는 너와 같은
생각으로 살아왔었지만
지금 생각해보니
하루가 이렇게 소중한 줄을 몰랐단다

그래
어느 것보다 귀하다는 것을
지금 깨달았어
그래
난 하루를 열흘처럼
소중하게 살고 있단다

이슬

창을 두드리는 빛을 쫓아
이슬을 품은 숲에
진주알들이 대롱대롱
발목에 매달린다

오늘도
파도와 같은 현실 속에 밀려들며
무섭게 달려오는 언어의 변화를
어떻게 주워 담아야 할까

수많은
높고 낮은 경쟁 속을
또 얼마만큼 가야하나
언젠가는
평화롭고 잔잔한
그날이 오겠지

다시 아침이 오길 기다리며
차갑게
발목에 달린 이슬을 본다

도시

빙하의 현실 속에서
나는 서성인다
어느 곳에
모닥불을 피워야 할까

작은 눈을 휘둥그리며
죽순과 같이 뻗어 있는
빌딩 숲 속에서
장승이라도 된 모습이다

회오리바람이 몰고 간
서리 낀 가슴에
온기를 찾고자 서 있다

오색불빛은
유혹의 늪으로 빨아들이며
물빛보다 시린 가슴
파고든다

후회

섧다
섧다마라
화살처럼 빠르게
지나가는 것이
세월이 아니드냐
산허리에 걸려있는
황혼을 보며
어제의 역동은
어디로 가고
늘어진 가지되어 서있는가
찾고자 하는 것은
무엇이길래
빈손만 불끈 쥐고 서성이는가
아무것도 잡히지 않는
현실 속에서
역동의 그날들을
회상하며
섧다 섧다
후회만 하는구나

나의 회로

기억의 망각 속에서
뒤죽박죽이 된 머릿속이
정리가 안 된다

어느 것을 찾아야할지
분별이 서질 않는다
머릿속의 회로가 고장인지
갈 길을 잃었다

눈에 보이는 것도
제자리를 찾지 못하는
기억력
어디에서 수선하면
되찾을 수 있으려나

오늘도 안타까움에
회로를 더듬는다

목마름

한동안 어둠에 갇혀
창을 닫고
호흡조차 잦아들었다

그 무엇도 잡히지 않고
허공에서 허우적이다
밀려오는 썰물처럼
하얀 파도만이
물안개로 밀려와 안긴다

그 무엇으로도 채울 수 없어
모천을 찾은 연어처럼

멀고 힘든 물을 따라가며
목마름 없는
나의 길을 찾아간다

늙은 호박

누가 버렸을까
가로수 밑에다
늙은 호박을 내다 놓았다

살며시 다가가보니
옆구리에 조금 상처가 났을 뿐
멀쩡했다

가져와 씨를 파내고
껍질을 벗겨 푹 삶아
찹쌀과 팥을 넣고
죽을 끓여 이웃과 나누었다

요즘은 너무 버리는 게 많다
부모도 버림받는 세상이니
무슨 말을 더 할 수 있으려나 싶다

나 역시 들먹이는 품속을 잠재우며
그들에게 말하고 싶다

그 누구도
늙은 호박이 되고 싶은 이는
없다고

건망증

언제부터인가 나에게
까마귀란 놈이 들어와
함께 하자고 따라다닌다

못들은 척 했다

이번엔 고이 간직한
결혼 예물을 감추고는
나와 숨바꼭질 하잔다

어디에 감추었는지
찾을 수가 없게 만들어 놓고
이리 저리 찾게 한다

모든 서랍을 여닫게 하고
그도 모자라
냉장고 문까지 여닫게 하며 놀린다

놀리는 것이 재미가 있나보다
그러면서 나의 인내를 시험한다
이제 난 그 놈에게 끌려가지 않고
나를 지키며 찾아갈 것이다

하늘 길

그는 거미줄로 덫을 치고
반딧불 등 밝혀
창가에 그림자 걸어놓았다
귀뚜라미 소리 귀에 담아
비바람 천둥치고
묵은 설움 들추어낸다.
상고대 꽃이 피는 줄 모르고
앞만 보고 뛰던 발길
뒤 돌아보니
하늘에 매달린 구름열차
달리고 있다

제 4 부

그림놀이

맷돌짝

바람을 가르며
허수아비인 양
두 팔을 저으며
보이지 않는 길
내 머물 곳 찾아
앞뒤 보지 않고 왔건만
이런 곳인 줄
너도 모르고 나도 몰랐지
바위같이 굳어진 가슴에
맷돌짝이 웬 말인가

무거운 맷돌짝을 어찌 내려놓으려나
꿈꾸던 그날들은 낙엽되어 떨어지고
내 못 다한 말들일랑 바람결에 붙여 주리다

혹시라도 바람결에 소식 듣거든
지난 일일랑 후회도 말고
가슴 시려 하지도 말구려
우리네 삶
이러면서 가는 거 아닌가요

고향노래

많은 음표들이 합창 하며 흘러 나온다
유행가로 우리가락 또 재즈로

눈물과 웃음으로 사람 마음은 정화시키며
수많은 사연을 안고 고향 길을 간다

콩나물시루에 물을 줄 때 논두렁 밭두렁이
내 발길을 따라 온다

언제 돌아가 콩을 실어
고향노래 부를 수 있으려나
오늘도 길마중 나오는 음표에게 물을 주며
노래로 키운다

배설

뚝배기 속
몸부림치는 너의 모습
누구를 위함일까

바짝 긴장하고
보글보글 경쟁하며
터널을 향한 선수되어
기다린다

좁고 힘겨운 몸부림 속에서
넓은 세상 밖을 향하여
다이빙 하였다

그 쾌감을 누가 알리
나만의 희열을 느끼며
돌아가리라
본향 땅으로

선생님

기쁨으로 나선 길
좋아 해방이다
마음 부풀어
곧 닥칠 일 예측 못한 하마
쿵
배가 기운다
움직이지마

숨소리조차 줄인 채
선생님이 던져준 구명조끼

겁내지마 선생님이 있다
탈출구가 닫혔구나
아이들아 곧 구조될 거다

떨고 있는 아이들을 끌어안으며
조금만 더 참으면
손을 잡아 줄거다

아이들아 외로워 말거라
너의 곁에 언제나
선생님이 같이 할 거다

사제동행

파도가 처얼썩 뱃머리를 친다
그 소리는 너희의 외침이며
통곡이었을 것이다

숨통을 짓누르며
차오르는 물길 속에서
엄마 아빠를 부르며 몸부림쳤으리라

구조의 음성을 기다리며
발을 구르며
목이 터져라 외치며
손을 휘저었으리라

점점 작아짐을 알았을 땐
꿈은 파란 물속으로 사라지고
남은 이들의 통곡만이 가슴에 매달려
산 같은 파도로 안겨왔으리라

물길마저도 길을 잃은 채
파도 속에 묻고
대답이 없다

피지 못한 채 떠나간 아들 딸아
어리석은 어른들을 용서하지 말거라
무슨 설명으로 위로가 될까
이제는 고통 없는 곳에서
고이고이 잠들길

날개 잃은 천사

애미 어미란 이름을 붙이기도 죄스럽다
아이야 네가 무슨 잘못이 있겠니
빗나간 한 남자의 행동으로
어린 너의 날개가 잘라지고 말았구나

어른들이 지켜주지 못해 미안하다
펼쳐보지 못한 날개를 어디에서 찾을 수 있겠니
두려움에서 몸을 떨었을 너를 생각하며
이 땅에 많은 이들이 무거운 짐을 안고 있지

아이야 어둡고 두려웠던 날들을 다 잊어버리고
아름다운 꽃동산에서 나비 되어 못 다 핀 꿈을
하늘 높은 곳에서 마음껏 펼쳐보려무나

현충원

이곳은 많은 젊은이들이 잠들어 있는 곳
산이 병풍같이 둘러쳐 있다
꽃들이 아름답게 열 지어 피어 있으나
향기를 잃은 채 서로의 긍지만을 간직하고
차가운 비석들의 친구가 되어준다

가랑잎같이 펄럭이는 몸으로
가족들이 찾아와 토해내는
핏빛 절규의 몸부림
얼마나 흘러가야 지울 수 있을까
까만 마음안고
터벅터벅 돌아간다

조국이여
아낌없이 바친 청춘들의 함성
그 함성이 부러져 두 동강 난
조국의 날개를
어느 때나 찾아 주려나
안타까움에 두 주먹 불끈 쥐고 서있다

설익은 과일

글을 쓴다는 건 참으로 어려운 일이다
그 많은 언어를 어떻게 다 표현할까
항상 귀와 눈을 열어놓고
작은 것에도 관심을 주며
많은 노력을 해야 한다

그 고뇌를 익히지 않고
글을 쓴다는 건
설익은 과일 맛
중심 잃은 연이다
언젠가는
상큼하고 맛깔스러운 글로
미소가 피어나는 무지개를 보겠지

오늘도 언어를 불러놓고 묻고 답하며
머릿속을 두들겨
열리지 않는 회로를 돌리니
밤송이가 입을 벌리듯
알밤이 터져 나온다

참으로 언어는 마술사다
울다 웃고
웃다가도 눈물지으며
무쇠같이 굳었던 마음도
글을 쓰며 치유가 되었다

뺑튀기 남자

뺑!
그 남자가 하루를 시작하는 소리다

우성 아파트 옆길에 트럭을 세워놓고
신의 실수로 부자연스러운 몸
개미보다 더 열심히
차곡차곡 낫가리를 쌓는다

오늘도 행인들에게
행복과 웃음을
대롱대롱 매달아 주며
뺑이요 뺑!
뺑 뺑 터지는 소리에 희망을 담아
오늘도 하루를 쏘아 올린다

출근 길

벌떼들이 지하철역으로 몰려든다
어제의 무거운 짐 못다 벗은 채
오늘의 꿀을 따기 위해 나선다

지하철 문이 열리면
밀치며 밀리며
퇴보되지 않으려 쓸려 들어간다

벌통에 가득 찬 벌들의
바쁜 눈과 손날개짓
반짝이는 별 같은 빛을 따라 움직이고 있다

더 높이 날고자
창공을 향해 두팔을 벌리고
날개짓을 하며
희망찬 삶의 발돋움을 한다
그 누구를 위함도 아니다
그저 오늘을 살아가는
우리들의 삶일 것이다

나의 마음

나를 담을 그릇을 찾았습니다
그 그릇에 담기기로 하였습니다
너무 커 담기가 힘들었습니다
그러나 아름답게 담겼습니다
어느 날 덜그럭거렸습니다
그러면서도 그 그릇에 들어가 있었습니다
깨어질 것 같이 덜그럭대며 흔들렸습니다
그러던 어느 날
큰 그릇이 작아지기 시작하였습니다
점점 작아져 종지기처럼 되어갔습니다
그러던 어느 날 보이지 않았습니다
서글퍼 찾아 볼 수도 없었습니다
얼마가 흘러 내 눈에 들어왔습니다
그 그릇은 많은 곳에 부딪쳐
일그러져 있었습니다

너무나 안타까워
깨어질 것 같아
그 그릇을 안았습니다
그 후 그 그릇을
내 안에 담기로 하였습니다

백년 전통 명품장

가방을 리폼하러 가는 길
아파트 앞에
단단한 서랍장이 나와 있었다

가까이 가보니
100년 전통장 이름표가 붙은 서랍장이었다
열어보니 우리 집 것보다 좋았다

가방을 맡기고 오는 길에 다시 봐도
마음에 들어
남편에게 도움을 청했다
거절당하고 못내 아쉬웠다

다음 날 다시 가보니
나와 같은 사람이 있었는지
눈에 보이질 않아
좋은 주인 만나 시집가
잘 살거라 덕담을 하였다

100년 전통가구가
하루아침에
거리로 내쫓기는 현실을 살고 있다

이사를 가며 버려지는 물건을 볼 적마다
쓰레기로 나가는 예산이 억 단위라는데
이웃나라 사람들은 단무지 세 쪽도
돈을 받는 다는데
어떠한 것도 함부로 버리질 않는다는데

우리도 한 번 생각하고 실천했으면 싶다
우선 나부터 해볼 것이다

재활용

오늘도 종이컵과 우유팩을 차곡차곡 모아 자루에 담는다 적은 것이지만 애국하는 마음으로 한다 그깟 것이 무슨 애국이냐고 콧방귀를 뀌는 이도 있을 것이다 그러나 종이를 만들기 위해서는 많은 나무가 베어질 것이며 재료를 수입하려면 많은 달러를 써야 한다 버려지는 것을 재활용하면 자원이 될 것이란 생각에 조금이나마 애국한다고 길가에 종이컵이나 우유팩이 눈에 들어오면 어김없이 주워온다 모은 것들을 주민센터에 가져가면 화장지로 바꿔 주니 가계에도 도움이 된다 작다고 하지 않고 크다고 하는 것이 아님을 종이컵을 모으면서 알게 되었고 깨달았기에 더욱이 열심을 낸다 작은 종이컵이지만 여러 개를 겹쳐 밟아 보고 그 힘을 알았기 때문이다 나의 몸무게는 65kg이다 작은 종이컵이라고 얕봤다가는 큰 코 다친다 컵이 하나면 구길 수 있지만 여러 개를 모아 보면 역대 대통령이 한 말이 떠오른다 뭉치면 살고 흩어지면 죽는다고 했던 말이다 버려진 작은 종이컵이지만 겹겹이 모으면 단단해서 밟아지지 않는 것을 보며 우리 국회에서도 서로 싸우지 않고 의견을 모으면 어려운 시기를 벗어날 수 있을 것이라 생각을 한다 또 무엇이나 마구 버려지는 것도 관심을 갖고 재활용하면 큰 자원이 되며 환경도 눈에는 보이지 않지만 조금이나마 좋아질 것이다 오늘도 작은 것으로 애국하는 마음으로 우리 경로당 가족은 손에 종이컵과 우유팩을 흔들며 애국하는 마음으로 흔들며 모아온다.

그림놀이

황혼을 잡고 싶은 인생
제 각각의 모습으로
붉게 피어났다

비탈길
비바람
그 아픔도 끌어안고 살아온 날들
이제는 웃음꽃이 피었다

오늘도 열두 달의 그림 보며
청단 홍단 구사 피 광
여러 말로 즐거움에 빠진다

너와 나의 얼굴을
화투장에 그리며
미소로 넓어가는
황혼길을 간다

부끄러움

누가 버렸을까 비닐봉지
살며시 나무 밑에 두고 간다

멋대로 주무르다
감옥 아닌 감옥에 가둔 채
버려두고 가는 그들
나를 미아로 만들었다

많은 사람 앞에 죄인이 된
검은 봉지 쓰레기인 나

나는 주인을 찾을 것이다
꼭 찾아 고발하여
버림받았다는 것이
얼마나 두렵고 잔인한 것인지
알려 줄 것이다

지하철 풍경

많은 언어들이 지하철 안으로 밀려들고 있다
콩나물시루에 콩나물처럼 가득 찼다

무슨 말을 하는지 올빼미처럼
눈동자와 손끝으로 말한다
알 수 없는 언어들이다
똑같은 표정들이다

어떤 언어는 히죽이 웃고
어떤 언어는 입과 코끝을 움츠리며
무슨 대단한 것이라도 발견한 표정으로
바삐 손가락을 움직인다

그와 소통하고자 말을 걸었다
그는 언어를 잃은 모양이다
딱딱 자판만 두드린다

어쩌다 아름다운 우리말을 잃어버렸나

새우등

굽은 새우등을 하고
앞서가는 노인
새우를 많이 잡아
새우처럼 되었나
옆구리에
새 다리 덧세우고
거북이걸음으로
가고 있다

어쩌다 그리 새우가 되었소

줄줄이 이어지는
탯줄을 만져주다 보니
나도 모르는 사이
새우가 되어있었소

지금도 이름없는 훈장을
등에 지고 묵묵히 걸어가는
새우 한 마리

낚시

강태공들
불볕도 아랑곳하지 않고
물을 찾아 떠난다
땅속미녀들을 모아서
누드쇼를 하게한다
물속 무대에 그들을 띠우고 지켜보고 있다

고기들이 앞을 다투어
누드쇼에 걸려든다
물속 모든 장수들이 우쭐대며
먼저 차지하려고 온다

강태공 좀처럼 찌 움직임이 없어
작은 바람에게 어디쯤 왔느냐 묻는다
고개를 돌리자 찌가 방아를 찧고 있다
급히 채니 묵직하다
월척이다
조심조심 줄을 당겼다

나오질 않아 더세게 당겼다
아무소식이 없어 화가 난 태공
힘을 주어당기니 낚싯대가 부러졌다
태공 하는 말
변강쇠를 만났나 보다

수염의 변

김운식

어느 날인가 여느 날과 마찬가지로 아침 세수를 하면서 수십 년간 해오던 면도이건만 잘못하여 입 주위에 흠집이 났던 모양이다.

하루가 지나면서 불편해 지기 시작하였다. 별다른 신경을 쓸 일도 아니고 언제나 주의를 잘못하면 생기는 일이니 대수롭지 않게 생각하고 면도만 며칠을 못하고 지나갔다.

그런데 생각지도 않게 아내의 말이 이상하게 변해 갔다.

"여보, 수염을 길러?"

"아니야. 볼에 흠집이 생겨서."

"볼에 주름살이 가려지고 좋아 보이네."

아내가 호들갑을 떠는 그런 사람이 아닌데 호들갑을 떠는 것이 신경 쓰인다. 자꾸 수염을 기르라고 한다면 어떻게 하지? 이거 또 긁어 부스럼 만드는 꼴이 아닌가? 며칠 지나고 나면 수그러들겠지! 기대를 하며 기다려 보기로 했다. 그렇게 지나던 어느 날, 교회를 가는 일요일이 되어 "에이, 오늘은 면도를 해야겠다."고 세면을 하기 위하여 세면장에 가면서 혼잣말처럼 중얼거려 보았다. 그랬더니 기겁을 하면서 면도를 하지 말라는 것이다.

"아니, 왜? 이렇게 지저분하게 하고 어떻게 나다녀. 남들 보면 욕해."

"아니에요. 정말 추하지 않다니까."

기분이 수렁에 한 발이 빠진 듯 영 말이 아니다. 왜 이 사람이 이러는지 알다가도 모를 일이다. 나를 아직도 남자라고 생각하나? 그렇다면 헛다리를 짚어도 한참 헛다리다.

웃기는 이야기다. 여자가 온다면 기겁을 해 달아날 판인데 설마 아니겠지? 설령 그렇게 생각을 한다 해도 나에게는 할 말이 없다. 왜냐하면 염치없게도 나에게는 아내의 마음을 아프게 한 것이 한두 번이 아니니까. 지금에 와서 생각해보면 미안한 것이 참 많다.

제일 미안한 것이 나는 놀이처럼 즐겼는데 아내에게는 씻을 수 없는 깊은 상처와 사생결단의 심각한 것이었다는 것이다. 아내에게 이렇게 아픔이라는 것을 조금 먼저 알았다면 좋았을 것을. 만약 내가 하듯이 아내가 했다면 나는 과연 아내처럼 나를 이해하고 용서했을까? 아마도 용서를 못했을 것이다. 그 이유는 무엇이었을까? 아마도 잠재의식 속에 남성우월감이 존재했던 탓일까? 아니면 여자보다는 남자족속의 치졸한 옹졸함 때문일까? 만감이 교차한다. 진즉에 이런 생각을 했었다면 조금은 아내도 편했고 거기에 덤으로 나도 마음 편한 세상을 살았을 수도 있었을 것 같은데….

지나고 나면 허망하기 한량없고 허상을 쫓아 암흑의 세계를 헤매인 것 같다. 허상을 쫓아 돌아치며 수선을 떨 때 아내의 고통이 얼마나 심했을까. 조금은 보이는 것 같기도 알 것 같다. 그래서 자라보고 놀란 가슴 솥뚜껑 보고 놀란다고 이참에 수컷들의 무리에서 이 작자를 격리시키자는 꾀를 내는 것이 아닐까 생각이 든다. 이제는 발목이 잡혀도 아주 고약하게 잡히지 않았나 싶은 마음이다.

수염을 기르고 보니 편한 것도 있는데, 불편한 것이 더 많다. 편한 것은 아침마다 면도를 하지 않아도 된다는 것이 편하고, 불편한 것은 이상하게도 수염이 없는 사람보다는 한 칸 위의 존재인 것 같아 행동거지가 아주 불편하다. 모든 인생사를 멀리 두고 관조하고 이해해야 하는 존재이어야 하는 것 같고 옹졸하게 아귀다툼을 해서는 안 될 것 같아 불편하다.

어느 때이고 기회를 보아 수염을 날려버려야 할 텐데 기회가 올지 막막하다. 호시탐탐 기회를 노리는 중이다. 그러기를 이제 한달이 넘어가는 듯하다.

그런데 한 가지 짚고 넘어가야 할 말이, 아내가 잘하는 말 " 죽은 사람 소원도 들어 준다는데 산 사람 소원 하나 못 들어 주느냐?"면 뭐라 대답하지?

불편한 것은 참으면 되는 것인데 아내가 원한다면 못 깎을 것 같으니 아무래도 발목을 잡힌 것 같다. 에라 모르겠다. 그것이 당신의 소망이고 원이라면 무얼 어떻게 하겠나. 그냥 내버려 두고 볼일이지.

본태적으로 남과 여는 달라도 너무나 다르다는 것을 이제야 조금 가늠을 해 본다. 지나간 과거에 미리 알 수 있었다면 우리가 흔히 힘 안 들이고 써먹는 현명한 사람이라고 할 수 있겠다. 그것을 못하고 여기까지 왔다는 것이 후회스럽고 남이 내 속을 들여다 보는 것 같아 부끄럽다. 언제나 철이 들 건가. 지금까지 나는 아내를 향하여 사랑한다, 좋아한다 말을 못해보고 살아버렸다. "그것을 말로 하는 게야? 말로 하는 것이면 날마다 하겠다." 뚱딴지같은 소리를 한결같이 외치며 지금까지 살고 있으니 얼마나 한심한 인간인가.

남자는 태생이 철이 없나 보다. 그러기에 이렇게 버스는 벌써 떠나버렸는데 손도 못 흔들고 있지 않은가. 철없는 아이같이 '어떻게 하면 즐겨볼까?' 허연 눈 두리번거리며 한 세월 보내지 않았는가. 미안할 뿐이다.

아내

김운식

우산 속 무지개 아내가 그럴싸하다
그간 보아온 당신 중에 제일 예쁘다 하니
넋 빠진 소리 그만하고 어서 가기나 하란다
핀잔하는 것 같지만 마음은 좋다는 뜻이지
쑥스러워 핀잔하는 것이 당신 장점
좋으면서 아닌 듯 엇뻗히는 것 당신의 매력
자리 지키며 버텨준 당신 어찌 잊을까
내가 잘한 것이 있다면 그것은 당신의 노력
대 이어 주고 가정 일군 당신 고생 어이하랴
철없는 행동에 펄펄 뛰며 제자리에 앉혀준 당신
떠들고 광은 내가 냈지만 사실은 당신의 덕
주책없이 검어지는 머리 보고 좋아하는 당신
당신이 아니면 누가 좋아해줄까
굽은 등 앞세우고 보니 가엽고 가슴이 아프다
언제나 어눌한 사람이니 오늘도 어눌
아내 앞에선 말 못하고 글자로 웃는다
잘 해주고 싶다 잘 해야겠다 또 공수표

이러다 어느 날 추억으로 그리워할 거야
그럴 줄 알았다 주변머리 없는 작자야
두고 가야 하는 그 마음이 그리울 땐
하늘을 보겠지

해설

"마침내 빚어낸 수도자의 마음 담은 그릇"

김유조

김호강 시인의 4부로 된 시집 『겨울에도 꽃은 핀다』의 초고를 손에 쥐는 순간 뜨거운 감상이 솟아오르면서 끝까지 눈을 뗄 수가 없었다. 진한 감정의 원류를 살피자면 시집의 맨 앞에 있는 시인의 말 〈마음의 꽃〉에서부터였고 본문의 시를 한 편 한편 읽으면서는 그 감동이 더욱 잔잔한 파장을 이루는 것이었다.

문학작품을 읽는 방법론에는 여러 가지 해제가 동원되어서 그중에는 신비평(new criticism)처럼 작가 혹은 시인의 개인사나 배경정황을 아예 배제하는 경우도 있으나 이는 하나의 논리적 이론에 불과할 때가 많다고 할 것이다. 특히 이번 김호강 시인의 시집에서처럼 처음부터 자신의 간난신고와 파란만장, 그로부터 파생된 제때에 배우지 못한 無學(물론 후일 다시 배움의 길에 나서서 有學이 되지만)의 원천을 소상하게 먼저 토로하고 쓴 작품을 읽으면서는 시인의 개인사적인 오솔길 속으로 독자들도 한없이 빠져들어 어찌 함께 걸어가지 않을 수가 있으랴.

김호강 시인의 시집을 보며 두어해 전, 어떤 무학 4인방의 시집 『잠자던 나를 깨우다』가 생각난다. 이 분들도 김호강 시인과 서로 비슷한 연배로서 어려웠던 시절을 공동체 비슷하게 겪은 세대였다. 그러니까 이분들도 제때에 학습을 받지 못하고 나중에야 기회와 의지로 시혼이 깨어나서 등단을 하고 함께 공동시집을 내어 세상을 놀라게 했었다.

사실 시를 쓴다는 데에 교과서적인 학식이라는 것은 그렇게 커다란 장애요인이 될 수 없을 것이다. 맑은 영혼, 그러니까 시혼이 깨어있으면 세상사물을 보는 눈은 남달리 영롱하게 빛날 것이고 범인들이 생각 못했던 사물의 진실을 깨닫고 또한 스스로 일깨워낼 수 있을 것이다. 그 과정에는 시적 영감이 투영되면 족하지 군더더기 이론과 논리가 틈입할 여지는 없을 것이다. 논어, 불경, 성경은 모두 고매한 말씀이고 참

말로 참말을 하는 것이기에 말씀은 되지만 "시"는 아닐 것이다. 아니 사실은 이런 경전에도 해맑고 때 묻지 않은 시가들이 함께하고 있고 그런 시가의 경지에는 학술이나 문학이론이 용훼할 여지가 없다.

시는 거짓인 듯 참말하기이고 사물의 형상을 여러 각도에서 맑은 눈으로 통찰할 뿐이다. 거기에 쓰잘데 없는 학문이 꼭 전제될 필요는 없을 것이다. 영국의 조지 2세의 왕세자 루이스는 어려서 시문에 관심이 많았는데 어느 날 시골에서 어떤 불학의 노인이 아름다운 노래를 부르는 것을 듣고 매료된다. 그가 노인에게 가사를 알려달라고 하지만 노인은 멀찍이 떠나면서 "세상 사람들이 모두 나를 업신여기지만 루이스왕자는 내 노래를 부러워한다네"라고 노래하였다. 시인이 가장 바라는 것은 구약 전도서에 나오는 구절처럼 부요도 명예도 학문도 다 헛되고 오로지 청정한 시혼이 노래하는 한 줄의 싯귀가 아닐까한다.

김호강 시인의 시집 『겨울에도 꽃은 핀다』는 4부로 구성되어있다. 일 년 열 두 달이 봄, 여름, 가을, 겨울로 되어있고 우리의 한 살이가 유년, 청년, 장년, 노년으로 되어있듯이 그런 점을 염두에 두고 애초에 전략적으로 구성을 하였는지 아닌지는 여기에서 크게

중요하지 않다. 아마도 시인의 마음속에 세월 혹은 인생에 대한 일반적 개념이 그렇게 정의되어있지 않았겠는가하고 독자는 짐작을 해볼 뿐이다.

물론 4부 구조가 처음부터 전략적이지는 않았겠다라는 짐작은 1부 '봄이 오는 소리'에도 '가을'이라는 소제와 제목이 두 번씩이나 나온다. 그러나 1부의 첫 시는 「봄」이고 「봄이 오는 소리」라는 시도 하나 더 있다. 그 외에도 여러 시제들이 지금 시인의 시세계가 출발선에서 내면을 열어 보이고 있다는 생각을 갖게 한다.

2부의 부제는 '보릿고개'이다. 그 속에는 「딸자식들」, 「보릿고개」, 「불효」, 「이별」, 「추억」들이 들어있다. 우리 인생의 끈끈하고 사소하면서도 전부를 나타내는 요소들이 모두 함축되어있다.

3부는 부제가 '세월' 이다. 더 이상의 부연은 없다. 그리고 이 시집 전체의 이름으로 얼굴을 나타내는 짐을 진 「겨울에도 꽃은 핀다」가 이내 나온다. "세월"이라는 짐이 얼마나 무거웠으면 '세월'이란 시 자체를 부제로 달았을까.

김호강 시인은 부모님이 어려운 사림 속에서 너만은 호강을 하라고 지어준 이름을 달고 살아왔는데 사실은 이와 반대의 삶을 살아왔노라고 서언에서 밝히고 있다. 그런 인생이니 얼마나 한도 많고 할 말도 많으랴. 「세월」, 「나의 길」, 「소원을 이루다」, 「나의 회로」, 「늙은 호박」 「목마름」 「건망증」 등이 그 인생의 속내가 아닐까

4부의 부제는 '그림놀이'이다. 이제 인생의 관조기에 접어드는 노년의 안목, 그 심상으로 사물을 사유하고 다시 보자는 시인의 심사가 보이는듯하다. 「맷돌짝」, 「고향노래」, 「선생님」, 「사제동행」, 「현충원」, 「나의 마음」 등이 눈길을 끈다. 맨 끝 부분에는 「수염의 변」이라는 사부 되는 분의 산문과 「아내」라는 시가 대미를 장식한다. 지아비의 변이 이 시인의 질곡 많은 인생사와 시인의 역사를 최종적으로 어루만져주는 듯하다.

이제 전체적인 시세계의 대강을 훑고 조명하면서 인상적인 시들을 각각 음미해 보고자 한다. 제 1부의 「봄」은 서시답게 희망의 목소리이다. "보이지 않아도 손에 잡히지 않아도/너의 소리는 언제나 희망으로 다가 온다" 이렇게 초입부를 다소 평탄하게 펼친 시의 오솔길은 금방 어두운 「동굴」로 들어서면서 시인의 사물을 보는 본능적 감각을 살려낸다. "태양이 그리워/몇 천 년 울었기에//눈물 자욱 쌓아/석순되었나//물

결이 넘실대는 병풍으로/엄마 등에 매달린 아기모습이다//아들 못 낳은 한 되어/남근석으로/구박하던 시어머님/한 풀어주었다//아직 못 다한/눈물 흘리며/빛을 찾아본다"

동굴 자체가 태양이 차단된 어둠의 영역인데 그 속의 석순은 아기의 모습이다. 이 형상은 곧 남근석으로 시어머님의 한을 풀어준 개인의 역사로 독자를 이끌고 가지만 사실은 남근을 얻기 전까지의 시어머니의 구박이 이 시의 근간을 이루고 있음을 모두는 알아차린다.

「다람쥐 밥」에서는 "고향 가는 오솔길-//얼마나 외로웠던지/날보고 반가워/두 손 모아 비비며-" 그 비비는 모습이 외로움과 정한의 모습으로 파악되는 시인의 감성도 예리하지만 그러므로 시인의 마음이 곧 동질적임을 쉽게 설득하는 장면이 아닐 수 없다.

「눈물」이라는 제목의 시는 시의 또 다른 묘미를 살펴보게 한다. 논리적으로는 눈물에 대한 정의를 내리거나 설명을 해야 하지만 시인은 천연덕스럽게도 "빗방울이 쇠못을 치듯 아스팔트에 내리 꽂힌다"고 시행을 연다. 그리고 마침내 그 빗방울 물방울이 "나의 가슴에 쌓였던/얼음조각을/녹아내리게 한다"며 그것이 바로 눈물의 대위법임을 밝힌다.

「매미 소리」 역시 시적 천연덕스러움이 보인다. 매미소리는 마침내 "누구를 위해 불러주는 지/남북으로 떨어져 애태우는 민족의 한풀인가/울다 울다가 지쳐 뼈만 남아/박제가 되도록 혈육을 찾는다". 허물을 벗은 매미의 형해를 박제로 보고 그토록 민족의 혈육을 찾는 소리로 치환하는 시인의 상상력이 돋보인다.

「콩을 심다」에서도 시인은 정황을 수채화 그리듯 하면서 자신의 내면과 잃지 않는 희망을 짐짓 관련 없는 두 가지의 현상을 오버랩하면서 연결하는 화법을 보여준다. 「새우젓」에서는 일종의 언어유희를 통하여 시화로 치면 점묘법의 경지도 또한 보여주고 있다. "하늘 높은 줄 모르고/튀어 오르던/새우들은 보이지 않고/아무리 깨워도 새우잠만/자고 있는 것들뿐이다".

이제 2부의 시들을 음미해본다. 2부의 부제는 「보릿고개」이다. 당연히 가족사적인 시의 제목이 눈길을 끈다. 바로 「딸자식들」이다. "—내 어머니도 그러셨으리라/산모퉁이 돌아설 때까지 손을 흔드셨으리라/딸 돌아간 자리가 빈 헛간 같다". 빈 헛간에 빗댄 은유가 마음을 적신다. 이어서 동기간의 정과 추억이 수북이 쌓인 동생의 고희를 바라보고 기리는 마음은 연달아서 두 수의 시를 자아낸다. 「동생의 고희 1」에서 시인은 "바다보다 넓은 세월을 지고/여기까지 와줘 고맙구나"라고 동생의 고희를 감격으로 바라보며, "(한)탯줄 꼭바라보며" 살아가자고 하고 "어머니가 그곳에서 하루만 소풍 나와/아들 만나 손 한 번 잡아 주었으면 좋겠다"라고 남다른 동기애를 시 속에 투영한다.

가족사에서 가장 눈에 뜨이는 갈등구조는 부모와 나 자신간의 문제로 표출되기도 하지만 같은 자식들 간에도 특히 부모에 대한 불효의 티가 돋보이는 경우가 많다. 물론 이런 경우는 객관적 평가만이 아니라 정의적인 측면에서 울컥하는 심정일 수도 있을 것이다. 어쨌거나 효도에 관한 문제는 주관적일 수밖에 없고 이런 측면에서 수많은 싯귀의 대상이 되어왔음은 물론이다.

이 시인의 경우에도 시집간 딸의 입장에서 볼 때 동기간의 절대적 몫을 차지할 친가의 아들에 대한 원과 한은 가슴 속에 맺혀있기가 쉽다. 시인은 그 정한을 노래해본다. "그"라는 존재가 일종의 유체이탈 화법으로 등장한다. "그는/오늘도 생전에도/부모님 가슴에/많은 못 자국 내었다//이제 조금이나마 그 자국 지워보려/버스와 전철 번갈아 타고/납골당 찾아간다// -어머니 치맛자락이 그를 스치웠다/오늘도 그는 납골당을 나서며 불효를 빈다" 그에 대한 시인의 심정은 원한의 관계이기보다는 사라진 시간에 대한 가슴 아픈 그리움과 동기간에 샘솟는 측은지심일 수밖에 없다.

「100세를 산다」에서 시인은 97세까지 사시면서 요양원에 계시는 어머니에 대한 애환을 그린다. “평생 서릿발보다 시린 가슴을 안고/당신의 뿌린 씨앗들을 위해 살았다//—100세 시대를 산다는 현실에서/생명의 존엄성을 갖지 못한 채 산다” 100세 시대는 과연 인간에게 축복인가 고통인가, 깊은 사유의 늪을 시인은 헤맨다.

시인에게 「아버지」는 어떠한 존재일까 “목련꽃 피니 아버지 얼굴이다”. 그리고 또한 「가시고기」라는 시제에서는 가족들만을 위하여 평생을 살아온 아버지이기에 “외로운 산이었다//기러기 아빠로/명퇴자로/가진 건 아무 것도 없다”라고 절절한 사부곡(思父曲)을 부른다.

이제 부부라는 가족관계는 어떻게 자리매김할까. 「닭싸움」에서 새겨보는 관계시는 일반적인 형태와 크게 다를 바가 없다. “장닭은 권위를 앞세워/붉은 벼슬을 꼿꼿이 세우고/언제나 암탉을 몰아세운다//준비 없는 암탉은/속수무책으로 당한다” 그러나 “피로에 따라온 장닭을 본 암탉/그의 이기적인 행동에/횃대에 오르며/사랑은 움직이는 거란다" 이 시집의 자전적 면모를 다시 한 번 보게 되는 부분이다.

구체적인 현실에서의 관계론은 「벽」이라는 시에서 잘 나타나있다. 물론 상징적으로 은유를 사용하여서 시적 심미안을 발휘하고 있다. "오늘은 앞을 볼 수 있으려나/기대를 하며 물에 흠뻑 젖은/솜 같은 몸을 세운다//그는 언제나 등만 보여준다/(중략)/날마다 대화도 없이 앞을 보이질 않는다//(중략)//그와 나의 삶/어느덧 흰 눈이 오는 길이건만". 그러나 그에게 바라는 일념이 있다. "그의 굽은 등을 보며/다시금 등을 펴 단단한 벽으로 살아가길 바란다".

3부의 부제는 '세월'이다. 4부 구성으로 보면 가을에 해당하는 시 마당이다. 꼭 무슨 열매와 수확을 기약하는 흐름은 아니지만 세월이라는 부제를 붙일 만큼 이제는 성숙한 인생관계랄까 인고의 결실을 희망하고 기약하는 측면으로도 볼 수가 있을 것이다. 그래서 그런가, 제 3부의 첫 시, 「겨울에도 꽃은 핀다」는 이 시집의 전체 제목으로도 붙여지지 않았던가. 물론 겨울에 피는 꽃은 일반적인 것은 아니다. 그러므로 더욱 그 의미는 강하게도 겨울에 피고자 하는 꽃이다. 말하자면 "작은 촛불도 빛을 뿜는다"라고 할 수가 있겠고 그래서 이 시집의 3부에서 의미심장하게도 그 면모를 드러내고 있다 할 것이다. "사계절 지나 마지막 피려는 꽃/눈 속의 추위를 이기고 피어 보고자/작은 목을 길게 늘려 본다//모든 사랑을 담아/계절을 떠나/많은 꽃들 속에 들지 못하고 겨울에 피려 한다". 저 강인한 의지가 있어서 이 시인이 탄생하고 이 시집이 영글어지지 않았겠는가.

3부에 들어와서는 '인생'을 주제로 하였으되 2부 보다 더욱 나 자신의 내면의 삶을 관조하는 부분이 지표적으로도 많아졌다. 우선 「지나가는 것」이라는 시를 보아도 시제 자체가 관념적이고 비형상적이다. "그의 삶은 언제나 구겨진 신문지/제대로 한 번 펼쳐 보지도 못했다"라는 표현은 은유의 극치이다. 이제 직유의 틀을 벗어나서 한 차원 높은 은유의 시세계를 터득하고 현실과의 결합에서도 무리하지가 않다. "돌아보니 모두가 구겨진 신문지 같은 시간들/기쁨과 슬픔의 얼음덩이 이제 모두 녹아내려/말갛게 씻겨 새 삶이 되어 봄을 맞을 것이다" 메타포의 세계가 현실에 자리매김을 하고 있다.

이어서 펼쳐지는 시제와 내용도 내면세계의 천착은 여전하고 시인의 의식세계를 독자는 중층적으로 공감 속에서 파악을 하게 된다. 「달리는 삶」에서는 "시작도 모르고/끝도 모르는 현실 속에서/속도를 감지도 못한 채/일상을 바삐 달려가고/어떤 길인지도 모른 채/천년을 꿈꾸며 욕망을 찾아가고" 「세월」에서는 "지는 해와 뜨는 달을/그 무엇으로도 막을 수 없으니/켜켜이 쌓아 영을 엮어/처마 끝에 매어 달아/떨어지는 물방울이나 세련다"의 세계이다.

「나의 길」에서는 "나는 개 같은 삶을 산 것이 한스럽다"라는 깊은 탄식이 흘러나오고 "해결책은 나오지 않고 많은 생각뿐이다/하지만 오늘도 삶의 끝을 놓지 못 한 채/개 같은 삶을 부둥켜안고 가고 있다"라고 마침표를 찍을 뿐이다. 모든 이에게 공통된 그 무엇을 읽는 느낌이다. 하지만 인간에게는 「욕심」에서 보는 바와 같이 한계를 아는 욕심과 의지와 희망이 있어서 인간존재의 가치를 높일 수 있다. "오늘도 바다 속 별들이 속삭인다/아무에게 차별 받지 않는/우리들만의 세계이다//(중략)//푸르름으로 그늘을 주며/자신을 내어주는 삶"을 살아왔기에 김호강 시인은 마침내 호강을 이루게 되는 것이다.

「소원을 이루다」의 전말은 이러하다. "막내딸 호강스럽게 기르실 생각으로/지어 주신 내 이름은 호강이//(중략)//이름과는 정반대의 삶을 살아왔다". 그러나

남들에게 양보만해오고 나무의 역할을 해왔기에 마침내 "평생 호강 한 번 못 했다고/가슴에 응어리 맺혀 있었는데/형제들의 도움으로 책이 나오니/평생에 못 받은 호강을 단번에 다 받았다//하늘을 날아오르는 것 같다/이보다 더 기쁜 일이 있을까/호강아 소원을 이루었으니/발걸음 가볍게 살아가거라/부모님의 소리가/쨍그렁하고—" 들리는 듯하다. 다소 인용이 길었지만 이 대목은 아무리 많은 인용이라 할지라도 지나치지 않을듯하다.

4부, '그림놀이'의 시세계는 외부 지향적이다. 이제 내부지향적 사유의 틀을 뛰어넘어 시인은 바깥 세계에 대한 관조와 재조명을 시작한다. 우선 첫 눈에 들어오는 것은 「맷돌짝」이다. 이 "맷돌짝"은 구체적 형상일 뿐만 아니라 생활 속에 있는 하나의 메타포이다. 맷돌짝은 맷돌의 한 짝을 말한다. 그러니까 숫맷돌과 암맷돌이 서로 살을 부비는 정겨운 은유가 되기도 하지만 여기서는 "바위같이 굳어진 가슴에/맷돌짝이 웬 말인가//무거운 맷돌짝을 어찌 내려놓으려나/꿈꾸던 그날들은 낙엽 되어 떨어지고/내 못 다한 말들일랑 바람결에 붙여 주리다//혹시라도 바람결에 소식 듣거든/지난 일일랑 후회도 말고/가슴 시려 하지도 말구려

/우리네 삶/이러면서 가는 거 아닌가요/맷돌짝". 참으로 반어적인 은유 속에서 인간의 한 살이 삶의 편편을 그려냈다 할 것이다. 관조의 승리이다.

「고향노래」도 재미있는 상징의 표상이다. "콩나물시루에 물을 줄 때 논두렁 밭두렁이/내 발길을 따라 온다//언제 돌아가 콩을 실어/고향노래 부를 수 있으려나/오늘도 길마중 나오는 음표에게 물을 주며/노래로 키운다". 고향생각을 이런 연상적인 모멘텀에서 발견하고 풀어나가는 시심이 재미있고도 놀랍다.

이제 시인은 우리나라의 최근 대사에 일어난 큰 비극적 사건을 몇 수에 나누어 관조하는 모습니다. 「선생님」으로 시작한 이 시들은 아마도 "세월호"의 비극을 자신의 흉중에 넣어서 한번 신음한 후에 토로한 시심이 아닐까 싶다. 먼저 「선생님」에서는 사고의 초기상황을 보여준다. 선생님이 아이들을 안심시키고 안도시키며 아마도 자신도 당연히 그렇게 느꼈을 것이다. "아이들아 외로워 말거라/너의 곁에 언제나/선생님이 같이 할 거다"

그러나 사태는 그렇게 낙관적이지 않고 비극으로 빠진다. 「사제동행」에서 "숨통을 짓누르며/차오르는 물길 속에서/엄마 아빠를 부르며 몸부림쳤으리라//구조의 음성을 기다리며/발을 구르며/목이 터져라 외치며/손을 휘저었으리라". 그러나 결국은 사제동행이 되어 그들은 못다 피운 꽃들이 되었고 시인은 어른들을 용서하지 말라고 절규한다. 「날개 잃는 천사」에서도 어른으로서의 반성과 통탄은 이어질 따름이다.

이윽고 시인은 젊은이들의 희생 터인 「현충원」을 떠올리게 된다. "조국이여/아낌없이 바친 청춘들의 함성/그 함성이 부러져 두 동강 난/조국의 날개를/어느 때나 찾아 주려나/안타까움에 두 주먹 불끈 쥐고 서 있다"라고 한다.

4부는 마지막 장이라서 그런가 시인은 여러 가지 실험적인 마당도 펼쳐 보여준다. 우선 「재활용」에서는 "산문시"를 실험하고 있다. 내용 또한 에코 포엠, 환경시를 조율하고 있다. 형식과 내용이 모두 다음 단계를 위한 도약의 모습이라고 할 수 있겠다. 또한 「새우등」에서는 형태적인 묘사가 내용을 정의하고 이어서 묘한 언어적인 기교도 보여주고 있다. 생의 질곡을 새우등으로 표현해내고 있는 것이다.

이제 시인이 갖고 있는 포부와 미래에 대한 의지와 각오를 시인의 시 속에서 자기 독백처럼 투영한 싯귀를 인용하면서 김호강 시인과 첫 시집을 크게 격려하며 글을 맺을까 한다.

「설익은 과일」에서 우선 몇 줄을 인용한다.

“그 고뇌를 익히지 않고/글을 쓴다는 건/설익은 과일 맛/중심 잃은 연이다//(중략)//오늘도 언어를 불러놓고 묻고 답하며/머릿속을 두들겨/열리지 않는 회로를 돌리니/밤송이가 입을 벌리듯/알밤이 터져 나온다//참으로 언어는 마술사다/(중략)/무쇠같이 굳었던 마음도/글을 쓰며 치유가 되었다”.

「나의 마음」에도 시인의 절절하면서 시적 해탈을 하는 과정이 놀라울 정도로 적확하게 개진되어있어서 하나의 명문을 대하는 마음에 다름 아니었다.

“나를 담을 그릇을 찾았습니다/그 그릇에 담기기로 하였습니다/너무 커 담기가 힘들었습니다/(중략)/그러던 어느 날 큰 그릇이 작아지기 시작하였습니다/점점 작아져 종지기처럼 되어갔습니다/(중략)/그러던 어느 날 보이지 않았습니다/(중략)/얼마가 흘러 내 눈에 들어왔습니다/그 그릇은 많은 곳에 부딪쳐 일그러져 있었습니다/너무나 안타까워 깨어질 것 같아/그 그릇을 안았습니다/그 후 그 그릇을 내 안에 담기로 하였습니다”

이토록 자기정화를 겪으며 내재적 자기성찰을 하는 자세야말로 진정한 시인이 수도해 나가는 진면목이 아닐까. 바로 수도자의 모습을 보는듯하다. 늦게 시작했지만 그래서 더욱 빛나는 그릇을 만들고 닦아낼 수 있었던 김호강 시인의 무한한 정진을 바라며 또한 그러하리라 믿어 의심치 않는다. 가장 큰 확신 중의 하나는 시인의 각오 못지않게 「수염의 변」, 「아내」를 시치미 떼듯이 써주신 외조가 함께하기 때문이다

***

김유조

시인, 평론가, 건국대 명예교수·부총장 역임, 국제펜 국제교류위원장, 한국현대시인협회 국제문화위원장, 한국현대작가연대 부이사장, 서초문협 명예회장, 여행문화 주간

김호강 시집

겨울에도 꽃은 핀다

초판 발행 _ 2019년 12월 13일
지은이 _ 김호강
펴낸이 _ 안혜숙
편집 디자인 _ 임정호

펴낸곳 _ 문학의식
등록 _ 1992년 8월 8일
등록번호 _ 785-03-01116
주소 _ 인천시 강화군 불은면 불은남로 341(오두리 360)
서울 중구 수표로6길 25(충무로3가 25-12) 501호(서울 사무소)
전화 _ 02.582.3696
이메일 _ hwaseo582@hanmail.net

값 10,000 원
ISBN 979-11-90121-09-5 03810